AF249863

Ye

39

CHRISTINE

EGLOGVE.

A PARIS

De l'Imprimerie d'Antoine Vitré.

M. DC. LIV.

Virgile Eglog. IV.

—————————paulò maiora canamus.
Non omnes arbusta juvant humilesque myricæ.

CHRISTINE EGLOGVE.

DAPHNIS.　　MENALQVE.

DAPHNIS.

ORNEMENT *de nos Bois, de nos Champs la merveille,*
Berger, quel bruit estrange a frappé mon oreille?
Menalque, il est donc vray que tu quites ces lieux,
L'agreable sejour des Hommes & des Dieux?
Ces lieux, où les Zephyrs de leurs tiedes haleines
Eschauffent doucement les Vallons & les Plaines:
Où de l'Astre du Iour les fertiles chaleurs
Produisent en tout temps & des fruits & des fleurs:
Où l'on voit dans les eaux nager mille Naïades:
Où l'on voit dans les bois danser mille Dryades.
Et tu quites ces lieux, trop volage Berger,
Pour vn climat affreux, pour vn ciel estranger!
N'est-ce pas à ces lieux que tu dois ta naissance
Et les brillans éclairs de ta vive eloquence?
N'est-ce pas de ces lieux que ta Prose & tes Vers
Ont porté ta loüange à cent Peuples divers?
Aux rivages fleuris & de Seine & de Marne,
Aux rivages fameux & du Tibre & de l'Arne.
Rien dans ce beau climat ne manque à tes plaisirs.
Toute chose à l'envy contente tes desirs.
Tes Vignes tous les ans ton attente surpassent.
Sous tes Epics nombreux les Faucilles se lassent.
Cent Bœufs sur tes Guerets tracent mille sillons.
Mille Agneaux bondissans paissent dans tes Vallons.

A ij

Mille agreables Fleurs, comme Aſtres de la Terre,
Font briller en tout temps l'émail de ton Parterre.
Tu poſſédes en paix deux precieux treſors
Le repos de l'eſprit & la ſanté du corps.
On eſtime tes vers, on les chante, on les louë
A l'égal des chanſons du Paſteur de Mantouë.
Menalque parmy nous, parmy les Eſtrangers
Eſt l'Arbitre aujourd'huy des plus doctes Bergers.
De ces aymables lieux les Nymphes, les Bergeres
Pour toy ſeul aujourd'huy ceſſent d'eſtre legeres.
Et tu quites ces lieux pour ces triſtes climats
Le funeſte ſejour des Vents & des Frimats,
D'où des aſpres Hyuers l'eternelle froidure
A banny pour jamais l'agreable verdure!

MENALQVE

A quoy tendent, Daphnis, tant de propos flateurs?
Ie ſuis, & tu le ſays, le moindre des Paſteurs.
   Oüy, ie quite, Daphnis, ces Bois & ces Rivages,
Ces fertiles Vallons, ces riches Paſturages.
Oüy, Daphnis, il eſt vray, j'abandonne ces lieux
Si chéris autrefois des Hommes & des Dieux.
Mais helas! aujourd'huy l'execrable Malice,
La Rage & la Fureur, la Fraude & l'Injuſtice
Banniſſant les Vertus, les Graces & l'Amour
En ces aymables lieux ont choiſy leur ſejour.
Daphnis, qui l'euſt penſé? les Armes de nos Princes
Comme vn torrent épars inondent nos Provinces,
Et nos propres Soldats, ces Monſtres de l'Enfer,
Ravagent ces beaux lieux par la flame & le fer.
Helas! combien de fois ay-je veu leurs eſpées
Dans le ſang des Bergers indignement trempées?
Combien de fois, helas! ay-je veu ſur ces bords
Des rivieres de ſang, des montagnes de Morts?

Par

Par vne impiété qui n'eut jamais d'exemples
Leurs sacriléges mains ont prophané nos Temples,
Abatu nos Autels, sacagé nos Hameaux,
Rompu nos Flageolets, brisé nos Chalumeaux.
On coupe nos Lauriers, on trouble nos Fontaines,
On brûle les Moiſſons de nos fertiles Plaines.
Les Chardons épineux naiſſent dans nos Guérets.
Nos Iardins cultivez deviennent des Foreſts,
Et des Loups deuorans la ſanglante furie
Deſole les Troupeaux de noſtre Bergerie.
Oüy, je quite ces lieux pour ces nobles climats,
Iadis l'affreux ſejour des Vents & des Frimats,
Aujourd'huy le ſejour de l'amoureuſe Flore
Plus riant que les lieux où ſe léve l'Aurore.
Par ſes divins appas, par ſes attraits charmans
Vne Nymphe celeſte a fait ces changemens.
Sous ſes pas en tout temps les fleurs naiſſent écloſes,
Les œillets & les lys, les jaſmins & les roſes.
Sa parole applanit les humides ſillons.
Sa parole en Zephyrs change les Aquilons.
Sa preſence embellit le cryſtal des Fontaines,
Fait verdir les Foreſts & fait jaunir les Plaines.
Ses yeux par leurs regars adouciſſent les Airs,
Et diſſipent les Nuits par leurs brillans éclairs.

DAPHNIS.

Quelle eſt donc cette Nymphe en charmes ſi féconde,
Et qui change à ſon gré l'Air & la Terre & l'Onde?

MENALQVE.

C'eſt ce nouveau Soleil, ce Chef-d'œuure des Cieux
Si vanté des Mortels & ſi chery des Dieux,

Cette jeune Beauté, cette Nymphe divine,
Ce Miracle eſtonnant, l'adorable CHRISTINE,
Superbe rejeton du Monarque du Nort,
Qui fut des Affligez l'aſyle & le ſupport,
De ce grand Conquerant l'invincible GVSTAVE,
Qui fit & la Victoire & la Fortune eſclaue,
Et dont le bras fatal, par cent combats divers,
Domtant la Germanie eſtonna l'Vnivers.
Le Rhin vit ces combats, & iuſques dans ſa ſource
D'épouuante ſurpris en arreſta ſa courſe.
Le Danube en trembla caché dans ſes roſeaux,
Et ſaiſy de frayeur précipita ſes eaux.
Tu ſays combien de fois le bruit de ſa vaillance
De nos ſombres Vallons a troublé le ſilence,
Et que du bruit tonnant de ſes rares exploits
Cent fois ont retenty les Echos de nos Bois.
    Comme de ſes Eſtats, de ſa vertu guerriere
Tu ſauras qu'aujourd'huy CHRISTINE eſt Heritiere.
Iamais du Thermodon le rivage écumeux
Ne vit tant de hauts faits, ni tant d'exploits fameux,
~~Qu'aux rivages broyeuſe des Ordres Germaniques,~~
Qu'aux rivages Danois, qu'aux rivages Balthiques
Par les vaillantes mains de ſes braves Guerriers
Cette jeune Amazone a cüeilly de Lauriers.
Vn jour, qui n'eſt pas loin, ſes ſuperbes Armées
Ioindront à ces Lauriers les Palmes Idumées,
Et l'on verra pâlir l'infidéle Croiſſant
A l'aſpect lumineux de cét Aſtre naiſſant.
    Mais ſache encor, Daphnis, que ſa main adorable
En adreſſe, en valeur à nulle autre ſemblable
Au milieu de la Guerre & dans les Champs de Mars
Cultiue les Vertus & fait fleurir les Arts.
Son eſprit grand & vaſte embraſſe toute choſe,
Et l'Hiſtoire & la Fable, & les Vers & la Proſe.

Elle ʃait dés Metaux les nobles changemens,
Des Globes azurez les divers mouvemens.
Des plus brillantes fleurs de Grece & d'Italie
Tout le Nort eʃtonné voit ʃon ame embellie.
Elle a de l'Orient pillé tous les treʃors.
Du Paʃteur de Solyme elle entend les accors,
Et ʃon rare ʃauoir, non moins que ʃon courage,
La fait nommer par tout la Pallas de noʃtre âge.
     Pour voir cette Pallas le ʃauant Apollon
Quite l'Onde divine & le ʃacré Vallon.
Les Filles de Memoire abandonnant la Grece
Et le double Sommet & les flots de Permeʃʃe
Vont habiter les Monts & les Rives du Nort,
Et joüir en ces lieux d'vn favorable ʃort.
De mille endroits divers mille doctes Orphées
Y ʃuivent à l'envy ces neuf ʃavantes Fées.
Mille Cygnes fameux en mille endroits épars
Vers ces lieux fortunez volent de toutes parts.
Ceux qui le long des eaux & de Loire & de Seine
Soûpirent doucement leur amoureuʃe peine.
Ceux qui aux rives du Tibre en ʃauoit en mille façons
Comme des Roʃʃignols varier leurs chanʃons.
Ceux qui ʃuperbement font admirer au Tage
Sur l'or de ʃes ʃablons l'argent de leur plumage.
Ceux de qui le Danube entend les doux accors,
Et ceux que la Tamiʃe éléve ʃur ʃes bors.
Et de tous les accens de tant de voix eʃtranges
Se forme pour CHRISTINE vn concert de loüanges.
     Pour moy, de qui le chant n'a rien de gracieux,
Ie n'euʃʃe oʃé, Daphnis, les ʃuiure dans ces lieux,
Sans les ordres ʃacrez de l'auguʃte CHRISTINE,
Et les puiʃʃans attraits de ʃa bonté divine.
CHRISTINE veut oüir mes freʃles Chalumeaux,
Et veut qu'en ʃes Vallons je garde ʃes Troupeaux.

Qu'il me tarde, Daphnis, qu'heureux ie ne contemple
Cette Reine du Nort des Monarques l'exemple.
Animé par sa voix, échauffé par ses yeux
On me verra porter son nom iusques aux Cieux.
Tant d'aymables appas, tant de rares merveilles
Seront le doux objet de mes penibles veilles.
A ses hautes vertus, à ses fameux exploits
Ie consacre, Daphnis, & ma plume & ma voix.

DAPHNIS

Il le faut avoüer, on a veu sur nos testes
Depuis quatre Moissons gronder mille tempestes.
Mais ces temps sont passez, & ces fertiles lieux
Bien-tost, comme autrefois, seront chéris des Dieux.
Déja l'Astre du Iour dissipe le nuage,
Et nous allons revoir le calme apres l'orage.
Pompone la merveille & l'honneur de nos jours,
Du Peuple & du Senat les constantes amours,
Tenant droite en sa main la Balance d'Astrée
~~Nous promet la saison de Saturne & de Rhée.~~
Le grand, l'illustre Abel, cét Esprit sans pareil
Plus clair, plus penetrant que les traits du Soleil:
Ce Ministre puissant, dont le vaste domaine
Occupe tous ces bors & de Sarte & de Maine,
Qui du Prince aujourd'huy dispense le Tresor,
Nous promet en ces lieux les jours du siecle d'or.

MENALQVE

Il est vray que Pompone & qu'Abel ont des charmes
Capables d'arrester les torrens de nos larmes.
Ce Ministre sacré de la juste Thémis
Pompone a les Mortels & les Dieux pour amis.

La

La douce Majesté régne sur son visage.
Il force la Raison par son divin langage.
Le Vice est à ses pieds par sa voix abatu,
Et plus que sa Grandeur éclate sa Vertu.
Son nom vole en tous lieux, & les Peuples Estranges
Comme ceux de la Seine entonnent ses loüanges.
Il ayme nos Chansons, il estime nos Vers,
Il chérit les Vertus dans un siecle pervers.
D'ABEL cent Nations célébrent la prudence ;
Il lit dans l'avenir par son experience ;
Son Adresse admirable & ses Discours vainqueurs
Charment tous les Esprits & gagnent tous les Cœurs.
Nous avons veu, Daphnis, son ame non commune
Supporter sagement l'une & l'autre fortune.
Il fut ferme & constant en son adversité ;
Il est doux & modeste en sa prosperité.
Nous l'avons veu cent fois aux campagnes de Loire
Eclatant de lumiere & couronné de gloire
Au bord de nos Ruisseaux, le long de nos Buissons
Escouter attentif nos plaintives chansons,
Et souvent preferer aux Lyres heroïques
L'agreable concert de nos Muses rustiques.

   Mais pour eux vainement nos chants ont des appas,
Puisque la Cour, Daphnis, ne les escoute pas :
Qu'on prefere en ces lieux à nos douces Musettes
Les Clairons enroüez, & les aigres Trompettes :
Que de nos Flageolets les tons delicieux
Cedent aux sons aigus des Fifres odieux.
A l'exemple des Rois, à l'exemple des Princes
En ce temps déréglé se réglent les Provinces.
A la Ville, au Village, en nos Bois, en nos Champs
On se mocque, Daphnis, de nos plus doux accens,
Et personne aujourd'huy ne console nos Muses
Languissantes d'ennuy, de tristesse confuses.

Daphnis, ARMAND *n'eſt plus*, ARMAND *qui des neuf*
  Sœurs
Ayma ſi conſtamment les celeſtes douceurs,
Qui combla de bienfaits ces Filles de Memoire,
Qui les combla d'honneurs, qui les combla de gloire.
Daphnis, ARMAND *eſt mort*, & *l'Art des Beaux Eſprits*
Ne reçoit de la Cour qu'opprobre & *que meſpris.*
IVLES *qui par ſes ſoins de noſtre grand Monarque*
*En la place d'*ARMAND *conduit la grande Barque,*
Qui la ſeut garentir de tant d'affreux rochers
Inconnus au ſavoir des plus ſages Nochers,
Et qui par ſes conſeils, par ſon ferme courage,
Lors que auecque les vents & *les flots* & *l'orage*
Contre luy combatoient ſes propres Matelots,
A ſurmonté les vents & *l'orage* & *les flots,*
IVLES *fuit nos Concerts,* & *ne voulant de gloire*
Que celle qu'il reçoit des mains de la Victoire,
N'eſtime des Bergers les plus doctes Chanſons
Que de vaines douceurs & *d'inutiles ſons.*
Le bruit de ſes Tambours, le ſon de ſes Trompettes
Etouffent ~~les accens~~ de nos ~~foibles Muſettes.~~
A peine ſeulement dans le champ des Guerriers
Rampe noſtre Lierre au pied de ſes Lauriers.
Il faut aller, Daphnis, où le Sort nous appelle.
Adieu, de nos Bergers Berger le plus fidelle.

DAPHNIS

Donc cet Aſtre brillant, ce Chef-d'œuvre d'Amour,
Cette aymable Doris plus belle que le Iour,
Qui pourroit arreſter l'Eſprit le plus volage,
Qui pourroit captiver le plus libre Courage,
Pour qui les Immortels abandonnent les Cieux
Ne pourra retenir Menalque en ces beaux lieux?

Cette belle amitié d'eternelle durée
A la jeune Doris si saintement jurée,
Doris pour qui ton cœur poussa tant de soûpirs,
Qui fut l'vnique objet de tes brûlans desirs,
Qui tira de tes yeux mille torrens de larmes,
Qui le jour, qui la nuit te causa tant d'alarmes,
Dont l'esprit merveilleux, dont les attraits divers
Ont esté mille fois le sujet de tes vers,
Cette belle amitié n'aura pas la puissance
De retenir Menalque aux lieux de sa naissance?
Cette belle Doris, ce Miracle charmant
Que Menalque en tous lieux suivit si constamment,
Qu'il suivoit sur les bords & de Marne & de Seine,
Qu'il suivoit sur les bords & d'Araise & de Maine,
Et qu'il auroit suivie au profond des Enfers,
Ne pourra retenir Menalque dans ses fers?
Apres ce changement, certes on le peut dire,
Il n'est rien d'assuré dans l'amoureux Empire:
Les sermens ne sont rien qu'vn discours decevant,
Les larmes que de l'eau, les soûpirs que du vent.

MENALQVE

Des Belles, il est vray, Doris est la plus belle.
Son port majestueux n'est pas d'vne Mortelle.
La clarté de son teint & l'éclat de ses yeux
Surpassent la splendeur du bel Astre des Cieux.
Les Zephyrs pour l'oüir retiennent leurs haleines,
Et les Nymphes des Eaux le cours de leurs Fontaines.
Les Graces, les Attraits, les Charmes, les Appas
A toute heure, en tous lieux accompagnent ses pas.
En ses yeux, en sa voix, en sa taille, en son geste
Eclate la Grandeur, reluit vn air celeste,
Et comme elle est en terre vne Divinité
En foule les Mortels adorent sa beauté.

Des Belles, il est vray, Doris est la plus belle,
Mais des Belles, Daphnis, elle est la plus cruelle.
Ny des brûlans Estez les extremes ardeurs,
Ny des aspres Hyvers les extremes froideurs
N'ont rien qui soit égal aux ardeurs de ma flame,
Ny rien de comparable aux froideurs de son ame.
En vain donc pour Doris en ces aymables lieux
Me voudroient arrester tes soins officieux.
Des plus rudes climats les glaces effroyables
Bien plus que ses froideurs me seroient supportables.
Non moins que nos malheurs, non moins que nos discors
Son orgueil, ses mespris m'éloignent de ces bors.
Doris, enfin, me chasse & CHRISTINE m'appelle.
Adieu, de nos Bergers Berger le plus fidelle.

DAPHNIS

De l'aymable Doris les charmes précieux
Avecque ses dédains te suivront en tous lieux.
Ainsi le Cerf blessé courant par les Campagnes,
~~Traversant les Forests, les Fleuves, les Montagnes~~
Porte avec soy le dard qui luy perce le flanc,
Et qui luy doit ravir la vie avec le sang.
Ton ame souffrira pour ta belle Inhumaine
Aux rivages du Nort comme aux rives de Maine,
Et tes yeux n'auront pas le plaisir nompareil
De contempler ses yeux plus beaux que le Soleil.

MENALQVE

Ie l'avoüe, il est vray, sa beauté sans seconde
Me va suivre en tous lieux sur la Terre & sur l'Onde.
Ses dédains me suivront aux rivages du Nort :
Mais au moins en ces lieux j'auray ce reconfort

De

De ne point offenser par ma triste presence
Ces yeux à qui les Rois doivent obeïssance.
I'ayme, j'ayme Doris & l'aymeray toûjours.
La fin de mon amour soit celle de mes jours.
Parce que elle est & fiere, & superbe, & cruelle,
Ie ne veux point, Daphnis, devenir infidelle.
    Mais de tous les costez dans ces prochains Hameaux
Ie voy que nos Bergers raménent leurs Troupeaux.
Le bel Astre du Iour qui finit sa carriere
Va dans l'Onde voisine éteindre sa lumiere.
Trop aymable Daphnis, en cet aymable lieu
Reçoy de ton Menalque un éternel adieu.

F I N.